AF309725

LOGIQUE DU CŒUR

POÉSIES

PERSÉVÉRANCE DE L'ESPRIT

A. BLOU

1877

SOMMAIRE

LA LOCOMOTIVE — L'AMNISTIE
L'ABOLITION DE LA PEINE DE MORT
L'INFANTICIDE — HOMMAGE A THIERS

PRÉFACE

Se faire un nom par le concours d'amis bienveillants et dévoués, c'est presque se charpenter une gloire !... Si j'avais à la rêver, elle n'atteindrait que mes sentiments, en se reportant toute entière au Lecteur qui sait aimer et encourager ce qui peut être *mal* dit, mais *bien* senti.

Mon roman en deux volumes : **La Sœur de lait, Les Inondés**, et toutes mes productions ayant été jusqu'ici favorablement accueillies, fasse le Ciel ! que je puisse plaire encore par cette brochure, à ceux que je suis fier d'appeler mes amis et mes protecteurs.

Blou.

LA LOCOMOTIVE

PAR

BLOU, ALEXANDRE,

Ex-Élève de l'École des Arts & Métiers de Châlons ;
ex-Mécanicien des lignes de Lyon, de l'Est & de l'Ouest.

En regardant ta force, on comprend ta puissance,
Géant industriel, méprisant la distance,
Colosse impétueux, qui, sur plus d'un réseau,
Majestueusement fend l'air à vol d'oiseau !...
Peu t'importe un obstacle, aux grands maux grands remèdes :
Du fer, de l'eau, du feu c'est ce que tu possèdes ;
Avec ces éléments, tu peux tout !... je dis rien,
Sans le bras vigoureux du Mécanicien !...

Je sais bien que tous deux vous avez des entrailles,
O fatal souvenir !... un seul mot : funérailles,
Me fait subitement tressaillir, puis pleurer !...
Un... deux... trois... taisons-nous, ne pouvant plus compter
Nos malheureux amis et les tristes victimes
Jetés par la vapeur dans d'éternels abîmes !...
Il faut nous consoler, essuyons donc nos yeux,
Ayant le doux espoir de les revoir aux cieux !...

Je t'aperçois en feu, bouillante et furibonde,
Faut-il à ton ardeur, un océan, un monde ?...
Grondant et mugissant, arpente un long terrain,
Va porter la terreur dans un pays lointain !...
En un moment : silence !... On entrevoit son maître
Monter et s'agiter : ils vont donc disparaître.

Un instant, pas si vite, elle attend son chauffeur
Devant du mouvement assurer la douceur.

En la brutalisant, vous ne feriez rien d'elle ;
Elle est capricieuse, ô voyez, qu'elle est belle !...
Elle a son cœur de feu, sa grâce et son maintien,
Sa chapelle et son dôme en monument chrétien ;
Son tocsin pour l'alarme et ses deux pompes mêmes
Arrêtant le danger en des moments suprêmes !...
Elle a des bras de fer, des flancs pareil métal,
Corps de fonte et d'airain : un aspect infernal !...

Parlons du Conducteur, il a bien son mérite,
Dieu le garde à jamais de la mort d'Hippolyte !...
Son bras nerveux et fort donne au régulateur
L'impulsion motrice : alors, frappée au cœur,
Tu raidis tous tes nerfs, puis menaçant l'espace,
Tu pars rapidement, ne laissant de ta trace
Qu'une ombre fugitive allant vers d'autres lieux
Offrir à l'Éternel l'encens de tous tes feux !...

Le Mécanicien doit savoir te conduire,
Bien, c'est sa mission ; mais toi, dois-tu lui nuire
Par ton mauvais état, par ta construction,
Faisant un tort immense à ta production ?...
Son cœur et ton foyer ont de commun la flamme
Montant ta pression en élevant son âme :
Alerte à son génie, abordant son coursier,
Machine et Conducteur ne font qu'un seul brasier !...

Au Mercenaire aussi, je dois un juste hommage,
Le péril échéant à tous deux en partage :
Au Chauffeur je m'adresse, il m'a d'autant compris
Qu'il retrouve en l'auteur un de ses vieux amis :
Courage et fermeté, mais point d'impatience,
Pour l'instant tu te dois à l'absolu silence !...
Allons, pique et repique, il le faut nuit et jour
Si Mécanicien tu veux être à ton tour !...

Je ne vais pas plus loin, je sens couler mes larmes,
Précieux souvenir, fuis... fuis... tu me désarmes !...

Pourtant encore un mot : c'est un adieu touchant
A ma locomotive !... O ciel, je l'aimais tant !...
C'était mon seul bonheur, mon soutien et ma gloire,
Il fallut en finir !... Je ne pouvais y croire,
Mais l'arrêt était là !... Je ne sus point plier
Pour l'honneur de mon nom et celui du métier !...

1860

AMNISTIE

—

PREMIÈRE PARTIE

PROJET DE LOI

VICTOR HUGO — RASPAIL

1876

Avant de commencer, je demande au bon Dieu,
De me faire parler selon son divin feu ;
Je finirai par dire, en mon simple langage
Qu'à ses lois seulement, ici, je rends hommage ;
En toute nation qu'il soit Divinité,
Son verbe alors sera, le seul mot Vérité.
Tous à genoux devant la sublime puissance,
Dieu, patrie et foyer : les bijoux de la France !...

.   .   .   .

.   .   .   .

Hélas ! pourquoi ternir de si beaux diamants,
Par cruels mensonges, par ignobles semblants ?...
Vous pêchez en eau trouble, et, fouillant votre nasse,
Meilleur poisson aura, toujours un goût de vase...

Ecoutez, sans le Christ, aux noces de Cana,
Vos ouvertures sont pour nous, un vrai Juda !
Et, matériellement, sachons que ce mot « trappe »
Guillotine et strangule un madré qui l'attrape !...

        .   .   .   .

        .   .   .   .

Mon inspiration. c'est le foyer divin,
De vos pleurs l'attiser, c'est en vouloir la fin...
Pour vous, hommes de rien !... mais, ayez la franchise
Et, comme lui, surtout, gardez même chemise ;
Camisole de force, effleurant noble cœur,
Ridant, plissant la peau, lui donnant la sueur !...
Fantastiques guerriers, frappez d'estoc, de taille,
Ceux que vous appelez hautement rien qui vaille !

        .   .   .   .

        .   .   .   .

Aujourd'hui, n'allez pas en vous désarçonnant,
Toucher de votre pointe, un cœur de mécréant ?...
Il pourrait en jaillir le feu, même la flamme :
Un bandit a du cœur !... Un bandit a de l'âme !...
En forêt on m'a dit que mort, moins se trouvait,
Que sur vastes tapis, où seigneur se roulait !...
La terre et Dieu pour tous ! au pauvre la besace,
Riche, à ta porte seule, il comprit la grimace !...

        .   .   .   .

        .   .   .   .

Quatre strophes ici viennent soudain parler,
Et mon seul argument sait te faire trembler !
Pourquoi ?... parce qu'un mot, véritable virgule,
Prime en tout temps devant ce point : la particule !
Dieu, de mes sentiments reconnait la valeur,
Avec logique viens, me traiter de menteur !
A l'unisson d'abord, mettons notre bannière,
Saluons l'infortune, apaisons la colère !....

        .   .   .   .

        .   .   .   .

Oui, pour mieux nous comprendre, au berceau mettons-nous,
Et comme deux agneaux, raisonnons sans courroux ;
A peine notre mère a crié délivrance
Que de fourches armés, vous emboitez l'enfance !
Vous la prenez au col, puis ornés d'oripeaux
Vous la trainez de force à vos fonts baptismaux !

En lui versant de l'eau, l'huile après l'onctionne,
C'est un vrai ridicule, il ne trompe personne !...

. . . .

. . . .

Un libre penseur, moi ?... non, non, je crois en Dieu,
Mais en ce Dieu lui-même, en son regard de feu ;
En celui qui nous donne, avec la clairvoyance,
Ce droit de pardonner, que l'on nomme clémence !
Oui, par saint Jean, le Christ un jour fut baptisé,
Et l'homme par l'église, enfin stigmatisé !...
Non, jamais notre Dieu, dans sa divine essence,
N'a pu sanctionner que l'on souillât l'enfance !

. . . .

. . . .

Viennent nos premiers pas sur un sol chancelant,
Nous ne le dominons d'abord qu'en trébuchant ;
Nos forces arrivant, nous plantent sur la terre,
Souvent pour n'esquisser qu'un tableau de misère !...
Nous sentant forts, alors on se met à courir
Puis une pure joie est notre seul plaisir ;
Que de chûtes hélas ! nous vaut notre allégresse
Et calculons les pleurs payant notre prouesse !...
Ils sont nombreux, je crois, mais leurs faibles sillons
S'effacent au soleil, et nous les oublions !.....

. . . .

. . . .

Ces larmes de l'enfance, ô, je me les rappelle,
Elles prirent pour nous naissance à la mamelle !
Leur source inépuisable ou le petit ruisseau,
Devient un affluent ; la mer : c'est le tombeau !...
A genoux, et prions sur cette froide pierre,
Elle a scellé nos maux, en cloitrant notre bière !
Pensez-y tous, mortels, et devenez meilleurs,
La clémence, l'oubli sont de bons conseilleurs.

. . . .

. . . .

Président, magistrats, en grand faites la chose,
Et, juges souverains, qui voulez-vous qui glose ?...
La France ?... l'Univers ?... entendez leurs clameurs,
Ce qu'ils veulent, Messieurs, c'est essuyer des pleurs !
Voyez-les genou terre, et devant votre porte :
De grâce, ouvrez les bras, accueillez la cohorte !

Pour que le monde entier vienne s'offrir la main,
A l'exposition ; il faut : mort au chagrin !...

. . . .

. . . .

Est—ce clopin clopant que se fait la besogne ?...
Non, non, taillons en grand, je le dis sans vergogne ;
Que le nom de Français soit le plus bel épi,
Qu'aucun mauvais courant ne l'ôte du képi !
Nous sommes glorieux, alors point de parcelle.
La devise : tout—rien—du feu !... point d'étincelle !...
A Reichshoffen, dis—moi, valeureux Mac—Mahon,
As—tu pris le courage en la proportion ?...

. . . .

. . . .

Au grand chef, je m'adresse, en lui donnant sa page,
Je traite mon sujet, non pour que cet hommage
Modestement rendu par le sien serviteur,
Un peu d'honneur lui fasse ; il a pour lui le cœur
Saignant pour la misère ; il pleure l'indigence,
Et se donne en entier aux enfants de la France ;
Frappons, frappons toujours, ébranlons son palais,
Espoir et confiance, il n'a pas dit : Jamais !...

. . . .

. . . .

Les chambres ont dit non !... honni soit qui mal pense,
Je viens courtoisement faire ma révérence ;
On peut parler, je crois, à plus d'un potentat
Tremblant devant Paris, craignant le pugilat !
O ! n'ayez peur ; courtois, je sais en mes principes,
Ronger un frein, sourire en plus, à vos équipes ;
Mal avisé jamais !... du son !... j'en ai ; mon cœur,
Sait briser les voûtes, renverser la fureur ;
Hélas ! fasse le ciel que partout il raisonne,
Biffons l'exception, votre nature est bonne !...

. . . .

. . . .

Le divin Maître veut que vos cœurs généreux
Rendent à la patrie, essaim de malheureux !
Représentants de France, oubliez toute haine,
Placez-le cimeterre en sa solide gaine ;
Et vous, dignes prélats, apôtres du pardon,
Dites que c'est pour tous, complète guérison.

La messe solennelle après cette amnistie,
Verra couler nos pleurs en face de l'hostie !...

  .   .   .   .

Ici, mon Dieu, toujours désapprobation,
Aucun espoir, hélas ! partout déception !
Tes ministres ! Seigneur, osent jeter l'offense,
Disons le crime même, en trop juste balance !
Toi, mets donc en leur âme, un sentiment pieux
Leur inspirant l'oubli pour tant de malheureux !
Les rendant au devoir de leur saint ministère,
Qu'ils pardonnent encor ; toujours, sur cette terre.

  .   .   .   .

Ont—ils donc oublié que notre Rédempteur
Sut pardonner, quand même on le frappait au cœur ?...
Prosélytes savants, fermez le bréviaire,
Catéchisez la loi qui sait me faire taire ;
Qu'en votre sein revienne, aménité, pardon,
Veuves et orphelins sont tous à l'abandon !
Leurs larmes, c'est du sang, jugez de leur détresse,
Appelez au foyer le bâton de vieillesse !...
Jeunes et vieux venez, par le vrai repentir,
Chez nous vous trouverez un meilleur avenir...

  .   .   .   .

Un si triste tableau donne plus d'une larme
Oublions leurs forfaits, et si tant de vacarme
A la miséricorde, a fermé votre cœur,
Vous êtes dans le vrai ; mais, la loi du Seigneur ?...
Vous la foulez aux pieds !... ah ! comme vous, je pleure,
Sur un tel holocauste ; en quittant leur demeure
Ces apôtres du Christ, ont aussi pardonné ;
Je vous crie avec eux : Grâce !... l'heure a sonné !...
Je les vois dans le Ciel, ils pleurent nos misères,
Et pour tous ces maudits, ils disent des prières !...

  .   .   .   .

Hélas ! je vous comprends, cette voix des martyrs,
Toujours se fait entendre, et vos constants soupirs,
Comme profonds regrets, honorent leur mémoire,
Tout autant que leur page inscrite dans l'histoire !...

Un tel deuil au grand jour, souvenir déchirant,
Allant au cœur, virus ; et mal par trop cuisant.
La vengeance ? peut-elle entrer dans le domaine,
Dans cette loi du Christ qui n'eut jamais de haine ?...

  .   .   .   .

  .   .   .   .

Ces hommes vous font peur, vous voyez l'avenir
Sombrer par le beau temps ; craignez-vous de mourir ?...
Oui, pitié pour eux, sans vouloir les absoudre,
Pouvez-vous avec moi, dans le linceul les coudre ?...
Non, ils ont une femme et de nombreux enfants,
Il leur en faut : du pain ! ... ceux-là sont innocents !...
C'est en leur nom, Messieurs, que fortement je plaide,
Et que vous me viendrez, tous, je l'espère, en aide !...

  .   .   .   .

  .   .   .   .

Au port si vous voulez, dressez un vaste autel,
Mettez Christ et poignard, comme serment solennel,
Le choix n'est plus deuteux, embrassant votre apôtre,
Leur repentir aura mon pardon et le vôtre !...
Le Christ ?... ils l'aiment tous, ces hommes endurcis,
Ce qu'ils haïssent c'est : l'enfer, le paradis !...
Ils voient en ces propos, la lanterne magique,
Et ne se courbent point pour regarder l'optique !

  .   .   .   .

  .   .   .   .

Si cruelle nature en s'armant du poignard,
Chassait Dieu, pour frapper en tombant au hasard,
Certain ordre du jour paralysant sa force,
Rendrait à sa souplesse un animal féroce ;
Nos bras nerveux et forts, avec la volonté,
L'auraient en un clin d'œil, très lestement bâté ?
Si persistant à mordre, entrant même en furie,
Il reniait notre œuvre, il y aurait folie !...

  .   .   .   .

  .   .   .   .

A tous, donnez leur donc même part de gâteau,
Surtout, ne tremblez pas, si le fruit est nouveau !
Jamais on ne calcule en pareille occurrence,
Fermons les yeux, disant : c'est au nom de la France !
Elle aussi, pourrait bien les montrer tous au doigt,
Mais Elle, ne rend pas le mal qu'elle reçoit !...

Enseignant sa leçon, voyez-là bien en face,
De l'œil, elle vous dit : au foyer est leur place !

BLOU.

DEUXIÈME PARTIE

INAUGURATION

DU

SQUARE SAINT-PIERRE

PARIS — MONTMARTRE

1877

PREMIER   **AVRIL**

Saint Pierre tient, dit-on, les clefs du Paradis ;
Est-ce lui qui planta ce terrestre parvis ?...
Géomètre profond, réglant tous ces quinconces,
Quelque jour ce parterre aura-t-il ses ronces ?...
D'épines déjà ceint, il n'y a plus qu'un pas,
Pour qu'un faible taillant les projette en amas ?...
Quel savant jardinier arrachera les herbes
S'enchevêtrant autour de ces plantes acerbes ?...

.   .   .   .

.   .   .   .

Autrefois, hier même, un sol nu, rocailleux,
Voyait tous les ébats de l'enfant malheureux ;
Se jouant follement d'une affreuse misère,
En haillons et pieds nus, il mordait la poussière !...
Se roulait à son gré, respirant largement
Sans aucune clôture, et sans nul règlement !...

Il lançait à coup sûr ses petits projectiles,
Du luxe, se riaient, tous ces moutards habiles !... !

  .   .   .   .
  .   .   .   .   .   .

C'était plaisir de voir cet essaim de marmots,
Pleins de vie et de joie, accourir en sabots,
Demander au grand air, et la force et l'adresse,
Se rire du bien être, afficher leur prouesse !...
Tout pour eux. Ciel et terre ! ils sont petits et grands,
L'école du malheur, jeunes les rend puissants !...
Gambadant fort à l'aise, en cette vaste place,
Le froid, même la faim ne laissait point de trace !... '

  .   .   .   .
  .   .   .   .   .   .

Qu'importe à cet âge un doux rêve d'avenir ?..
Ils vivent !... pour l'instant, laissez-les au plaisir :
N'allez pas susciter leurs larmes, leur colère,
Evitez qu'ils aillent se plaindre à leur mère !...
Retournant au foyer comme ils l'avaient quitté,
Dans ses bras comme ailleurs, qu'ils aient la liberté !
Ensemble, qu'ils pleurent une triste victime,
Qui, comme vous, Messieurs, aime la joie intime !...

  .   .   .   .
  .   .   .   .   .   .

Dans leurs langes hélas ! en tremblottant l'hiver,
Ils tempèrent leur sang, au souvenir d'hier !...
L'âtre vide, en un son sinistre, lamentable,
Semble leur dire : ici, manque quelqu'un à table !
Une mère souffrante inspirant pitié,
Vous demande l'époux dont elle est moitié !
Quelques grâces encore, ô Dieu, je t'en supplie,
Rends donc ces malheureux au jardin de la vie !

  .   .   .   .
  .   .   .   .   .   .

Les roses et les fleurs sont en ce charmant lieu,
Le travail des hommes, la puissance de Dieu !
L'arbrisseau vit ; ici, point n'est de séculaire
En ce square nouveau, dans l'Eden populaire !...
L'ombre où vient se tapir un groupe enfantin,
Que cherche le vieillard, soleil en son déclin,
Avec le temps viendra ; puis, s'y cachant à l'aise,
Qu'à la fois âme et cœur, soient la perle française !...

Devant tant de génie, il faut nous incliner,
Dieu quel riche talent de savoir jardiner !
Bêcher, un peu plus fort, la sueur en ruisselle,
Déjà mon front s'en couvre... ah ! votre fête est belle !...
Je tremble... je pâlis... de grâce, laissez-moi,
Eux aussi jardinent, en maudissant la loi !
Ce souvenir me tue ; ah! si je vous implore,
Ne jugez que le cœur, et, pardonnez encore !...

.   .   .   .

.   .   .   .

Comme vous j'applaudis à tous ces changements ;
J'aime le beau, le vrai ; pourquoi vos sentiments
Larges comme le cœur et, nobles comme l'âme,
N'ont-ils point complètement étouffé la flamme?..
Bah ! Parlons franchement, quelques maudits pervers
Vous font encore peur, vous tous, hommes si fiers ;
Mettez-les au défi par clémente mesure,
Ils seront repentants et loyaux, je le jure !...

.   .   .   .

.   .   .   .

Oubliant le passé, mesurant l'avenir,
Eux et les leurs sauront, prier et vous bénir !...
O ! voyez, quel est donc cet oiseau formidable
Qui plane dans les airs ?... il parait redoutable ;
Que tient-il dans son bec?... une paille, je crois,
Un pareil nid se forme en de si faibles bois?...
Cet oiseau voyez-vous, est de mauvais augure,
Faisons le bien, le beau : que toujours cela dure !...

.   .   .   .

.   .   .   .

C'est sans doute la bise, un capricieux vent,
Qui fait plier ce pin ; si c'était un serpent?...
Mon Dieu, mon sang se glace, et lentement j'avance,
Un vertige?... tant mieux ; car plus rien ne balance !
Se peut-il n'est-ce pas, qu'un jardin de plaisir,
Couve certain venin ? c'est pour nous faire fuir !...
Nous veillerons de près, et pour entrer en lice,
Il faudrait que le Diable eût toute sa peau lisse !...

.   .   .   .

.   .   .   .

Un cri se fait entendre ?... il part bien de là-bas,
Pour cette fois, j'y crois, je ne me trompe pas !
Une femme s'approche, a gorge déployée
Elle rit aux éclats !... c'est bien une insensée !...
Oui, mon Dieu, la folie a séché tous ses pleurs,
Leur source s'est tarie au souffle des douleurs !
Un jour fut mitraillé, son époux en le siége :
Fusillé son enfant, en tombant dans un piége !...

. . . .

. . . .

On froisse mon gilet ; un pick-poket déjà ?...
La main sur mon argent, je lui dis : halte-là !
Hélas ! mieux eût valu que mon porte-monnaie
Tout entier s'envolât !... le mal n'est point la plaie !
Regardez ce vieillard ?... c'est le coupable, il dit :
Vous écrivez, Monsieur ; déchirant mon habit,
Il me tient coi ; ses pleurs, ont poignardé mon âme ;
Je l'embrasse ; à mon tour, je veux ce qu'il réclame !

. . . .

. . . .

Nos larmes se mêlant, il regarde le Ciel,
Voyez-vous, me dit-il, c'est là qu'est l'Éternel ;
Pour lui bat votre cœur, votre plume l'encense,
Vous êtes patriote, et vous aimez la France !..
Je voudrais comme vous, en des termes de feu,
Mettre sous sa tutelle, un droit et point un jeu !
Mon enfant, c'est le sien !... et je sais qu'elle l'aime
C'est sa mère, après tout ; le renier ?... blasphème !...

. . . .

. . . .

Cette voix me rend sourd, j'arrose le jardin ;
De mes larmes, Messieurs, recevez le trop plein !
Musique et carillon ne peuvent plus m'atteindre
C'est un vieillard qui pleure, et je saurai le plaindre !
Il ne dit plus qu'un mot : allez au souverain,
Mon fils expatrié, n'est point un assassin !...
Mon placet en vos mains ; oui, c'est de l'or en barre
Mais, dites-lui surtout : évitez la bagarre !...

. . . .

. . . .

J'en ai trop vu, je pars, je vous laisse au plaisir,
J'éprouve le besoin d'aller me recueillir !

La tête dans mes mains, je suis aux patriotes
Mais, ce n'est pas le tout, il faut cirer mes bottes ;
Blotti dans ma voiture, apprenant ma leçon,
Dans la glace je vois, si j'ai bonne façon.
Le cocher me surprend... ah! il faut que tu ailles
De par tous les galops, au palais de Versailles !

. . . .

. . . .

J'y songe, il faut un nom, pour voir le Président ;
Bien, je m'appellerai l'avocat du tourment !
Ce titre improvisé, sera pour lui surprise,
Alors, me recevant pour juger ma bêtise,
Je développerai l'ampleur de mon manteau ;
De la misère au jour, il pourra voir le sceau !
En le frappant au cœur du poignard, de la lance ;
Le sentiment !... son cri, sera : *la délivrance !*

BLOT.

ABOLITION

DE LA

PEINE DE MORT

J'aiguise mon poinçon, je le mets dans un bain,
Pour qu'il puisse graver sur le marbre et l'airain,
Ces paroles de feu : plus n'est de guillotine !...
Le Président dira : cet arrêt, je le signe !...
Notre vaillant soldat ne fait verser du sang
Qu'aux soupirs de la France !... Alors, au premier rang,
Parmi les moissonneurs, habile sentinelle,
La mort au cœur, il a : l'éclair à la prunelle !...

Autres temps, autres mœurs ; la Patrie en danger,
Veut le père et l'enfant !... il faut les lui livrer !...
Bah ! si sur le pavé, leur généreux sang coule,
Qu'importe ?... à leurs côtés, c'est l'ennemi qui roule !...
Aux lèvres le sourire, et toujours l'œil en feu,
Leurs corps est à leur mère, et leur âme est à Dieu !...
Ce sang sera lavé ?... Français, l'honneur l'exige,
L'églantier pourra voir, la rose sur sa tige !...

Mais, nous avons horreur du sang à ce couteau,
Cette scène est horrible !... ah ! versez toute l'eau
Que contient votre fleuve !... Usez cette charpente,
Frottez, frottez toujours ! bien, elle est ruisselante ;
Lessivez de plus belle !... allez dire à Paris
Que nous avons des seaux pour ce hideux lavis !...
Pas un d'eux n'a de fond ?... alors jetons en Seine
Cet affreux coupe-gorge !... et, reprenons haleine !...

Me suis-je aussi baigné ?... un nerveux tremblement
Agite tout mon être, et la fièvre me prend !
Cent perles sur mon corps tombant goutte par goutte,
D'un lit chaud vivement me font prendre la route ;
En noyant ma personne, une froide sueur,
De la mort vient me faire entrevoir la lueur !
Je prends peur, et je crois, dans un affreux délire,
Que j'aide le bourreau, que j'applaudis son sbire !...

Il faut qu'ils enterrent, pour avoir mes bravos,
Leur fatale machine en champ fortement clos !...
Gaîment, j'irai leur faire un bon pas de conduite,
Mais ils m'assureront qu'elle n'a pas de fuite !...
Je pousserai plus loin ; je leur prête ma voix
Pour le *de profundis*... Messieurs, à votre choix !
Or, ce déplacement exige un fort salaire,
Pour gage il me faudra : son extrait mortuaire !...

Pour moi quelle fortune ! et, sachant éditer,
Je ferai des millions en France, à l'Étranger !
N'ayez aucune peur, jamais la vantardise,
Ne me fera soudain farder la marchandise,
Car à tous les échos, chacun le portera,
Et nous irons en chœur chanter un *libera !*

Le naturel le veut! En ce cas Dieu nous guide,
Fermez votre couteau disant : plus d'homicide!...

Je suis pris au collet, c'est au nom de la loi
Qui me dit halte-là!... je m'explique pourquoi ;
On veut pertinemment, et ma robe et ma toque,
Pour plaider sûrement, je jette ma défroque !
Son ministre répond : je mettais autrefois,
Pardevant mon palais, criminel aux abois ;
Aujourd'hui qu'il n'est plus en proie à ces outrages,
A ses torts, voulez-vous ouvrir nouvelles pages ?...

Dieu m'en garde ! mon cœur saigne plus fortement,
Et mon corps sait fléchir, hélas ! plus promptement,
Sous le poids des douleurs que sous une férule ;
Attiser, chagriner un feu pour qu'il nous brûle,
C'est plus que maladroit, c'est activer sa mort !
Frappez moralement, il avouera son tort.
Ce feu dévorera le corps puis après l'âme,
De celui que la loi, pour son forfait réclame !..

Du pain dur et la verge aux cruels assassins,
Mais, dans le sang français, ne lavons pas nos mains !..
Quatre-vingt-neuf rasa la fameuse bastille,
Que soixante-dix-sept brise un glaive-faucille !
Au loin et pour toujours, ces hideux apparats ;
Laissez dormir en paix, le peuple et vos soldats,..
Au bourreau puis aux siens, si leur salaire on rogne,
Nous pouvons leur trouver aussi propre besogne...

En crachant dans leurs mains, comme simple ouvrier,
Ils laveront le sang du supplicié dernier ;..
Puis, s'armant du rabot, ou bien poussant la lime,
De par l'activité, refleurira leur mine ;..
Et, si pour commencer, montrant par trop d'ardeur,
De leur front s'échappait la goutte de sueur,
Au lever du soleil, bientôt elle se sèche,
Mais pour le sang humain... non, il n'y a pas mèche!

Ainsi c'est dit : néant est en observation,
Sur le fatal registre... et, plus d'exécution.

Le disciple du Christ lira son bréviaire,
Désormais criminel aura droit au suaire!...
Un pareil privilège, en se sentant mourir,
Du moribond fera le touchant repentir!..
Plus de confession, ni d'étreinte dernière,
Dieu merci, plus de sang, nous sortons de l'ornière...

Alors, me direz-vous, qu'allons-nous devenir,
A chaque pas dans l'ombre il faudra secourir
Le passant attardé?... moi, je suis charitable,
Mais, allant votre train, bientôt, c'est à ma table
Que viendra s'installer cette bande de gueux;
Bien, les honnêtes gens ne seront plus chez eux!..
Le soir, à double tour, je vais fermer ma porte;
En ville si je sors, je double mon escorte.

En ce cas, le filou devient un vrai voleur,
Et ce dernier surpris est pour nous agresseur?...
Je ne me plaindrai pas, s'il met à sec ma poche;
Mais, de par mes grands Dieux, j'ai peur qu'il ne m'embroche!
Usant le macadam, qu'il balaie en haillons,
Pourquoi n'aurait-il pas des décorations?...
Mon cher, d'accord ensemble, il lui faudrait un *Temple!*..
Pour se nipper un peu; juge quel triste exemple!

Et mon intime ami, croyant avoir raison,
Barricada depuis, l'abord de sa maison,
C'est certain qu'il boucha le trou de sa serrure,
Craignant qu'un mauvais vent n'atteignit sa figure,
Alors, force me fut, d'attendre au lendemain,
Pour lui voir sans doute, un raisonnement plus sain;
Préparons ma leçon, pour attaquer la place,
Il n'a vu de mon plan que la simple surface...

Pauvre fou!... Cette crainte a troublé son esprit,
Je parierai qu'il est, pour plusieurs jours au lit,
Nous lui ferons savoir que fier de la clémence,
Ce rubis d'un bon cœur dont on a souvenance,
N'a jamais peur — Français, et de sang et de nom,
Mon pauvre ami bien sûr, est tenté du démon!
C'est notre droit à tous, c'est le bien à l'extrême,
La loi dans sa puissance, est clémente elle-même!...

Il faut le rassurer ; ce condamné, parbleu,
Est un être vivant, sorti des mains de Dieu ;
Il vient d'assassiner !... Est-ce par pur caprice ?.....
Et, sans même le plaindre, avant que la justice
N'ait rendu sa sentence, il nous faudrait savoir,
S'il a bon caractère, ou s'il voit tout en noir ;
Si son sang virulent, est de sa destinée,
Le seul mobile ayant, sa vie empoisonnée !...

Puis, mettant tout au pis, prenons le furibond,
La nature perverse ; est-ce lui qui répond
Du malheur qu'au berceau trouva sa frêle enfance ?
Puis, frappant du poignard, en moment de démence,
Il maudit sort et loi, comme un abandonné ;
Et faut-il pour cela, que son heure ait sonné ?
Coupable à tous les chefs, analysons son crime
Soit ; que de ses remords : seul il soit la victime !

Le forcené !... voyez-le ?... on tremble à son regard,
Redoutez sa colère, et fuyez son poignard...
Il n'est plus à la vie, il appartient au vice...
Sur lui toute la meute... alors que l'on sévisse !
C'est à coups redoublés qu'il déchire les cœurs ;
Ses yeux lancent du feu, sa bouche des horreurs !...
Il faut enfin dompter cette fureur sanguine,
D'accord ; mais, vous croyez qu'il craint la guillotine ?...

Détrompez-vous, Messieurs ; s'il a le sentiment,
De sa triste conduite, un enfer sûrement
S'ouvre devant ses pas ; et, s'il a des entrailles,
Il est paralysé !... Que ce soit à Versailles
Qu'il retrouve la vie, ou bien qu'il ait la mort,
Il en a peu souci ; résigné, même il dort
Attendant le supplice ; il ne craint qu'une chose :
Le moment d'affronter l'appareil que l'on pose !...

La mort ? il la voudrait sans aucun oripeau,
Dût-il même embrasser les valets du bourreau !
La fatale toilette au cœur est une glace,
Il la subit très bien, sans aucune grimace ;
Il est pour lui, hélas ! un bien plus grand écueil,
C'est quand il faut franchir de la prison le seuil !

Le condamné n'a peur qu'en ce moment terrible
Et pour baiser le Christ, il se montre sensible !...

Il respire un brasier, et sa poitrine en feu,
Ne donne à ses poumons, la vie et l'air qu'un peu ;
Son regard est éteint, et pourtant dans la foule,
Il voit les siens avant que sa tête ne roule !...
Le terrible instrument est mesuré de l'œil ;
Vivant, que ne peut-il se coucher au cercueil ?
L'Évangile l'a dit : il faut glaive pour glaive,
Que lui fait Laroquette, ou qu'importe la Grève !...

La corde de pendu, d'après le vieux dicton,
En poche porte chance ; un autre peloton
Doit rendre les honneurs à dame Guillotine,
Puis, la cavalerie englobera la ligne !...
Peu s'en faut, ô mon Dieu, que comme aux étendards,
On batte au champ, afin d'attirer les regards !...
Venez vous réjouir... commence le spectacle,
Et, pour voir de plus près, renversez tout obstacle !

Le monde qui sur pied, voit ce sanglant tableau,
En frémit comme nous, au lever du rideau ;...
Et, je crains sur ma foi, quand se baisse la trappe
Que le soupir d'horreur, des poitrines s'échappe !...
A tout cœur généreux, je dis restez chez vous,
A quoi sert d'aller voir, le sortir des verrous,
Pour monter les degrés de la triste machine,
Qui doit trancher la tête, et renverser l'échine !

Ayant payé sa dette, il n'appartient qu'à Dieu
De le juger encore, et ce n'est point un jeu !
Pas un mot de son âme ! elle a droit au silence,
La justice du Christ, n'est point celle de France !...
Rentrez dans vos foyers, allez dire aux enfants
Que, pratiquant le bien, ils ne soient point méchants ;
Que leur respect pour vous, l'estime pour les autres,
Les fasse gens de bien, afin qu'ils soient des nôtres ?...

Ciel ! je me suis trompé, je croyais que Billoir,
Ne tomberait jamais sous le fatal rasoir !

Son crime le voulait, mais j'avais l'espérance,
Que notre Président pencherait la balance
Du côté du pardon, non pour le criminel,
Mais bien comme principe, en un sens naturel !
Dieu ne l'a pas voulu, c'est que la conscience
De notre chef suprême a parlé ; silence !...

Un Maréchal de France !... Il faut parler tout bas,
Point ne veut essayer le fameux coutelas !...
Pourtant, un souvenir ?... ah ! j'y suis... un Bazaine
Fut aussi criminel !... on commua sa peine !...
L'un avait pour victime, une femme en morceaux ;
Et l'autre, à l'étranger sut vendre nos drapeaux !...
Tous deux furent soldats !... avec cette différence :
Le petit ?... assassin !... le grand ?.. traître à la France !...

Ils sont bien morts pour nous : Billoir sur l'échafaud,
Le Vendu !... dans l'opprobre enseveli ; s'il faut,
Choisir entre leur sort, auquel la préférence
Incomberait d'après, le sang mis en balance ?...
Mais, puisque nous parlons de mort et de forfait,
Il est un preux soldat, à ce qu'il me parait,
Qui, battant en retraite avec armes, bagages,
Avait pourtant tenu le plus beau des langages !...

Est-il mort, celui-là ?... courant comme un lapin,
Il est par trop vantard, s'il n'est pas assez fin !...
Voulez-vous le pareil ?... allons à la campagne
Où le planteur de choux, dresse un mât de cocagne !...
Y montant le premier pour atteindre les lots,
Je vous lirai mon plan qui n'est point des plus sots.
Le sien depuis huit ans, est en pénible couche,
Et pour le déchiffrer, permettez... je me mouche !...

Pas de plan, pas de pousse !... alors, un bon conseil,
On l'a formé pour l'autre, au midi... plein soleil...
Bref, assez d'ironie ; au diable l'écritoire,
Il faut jeter au vent, excellente mémoire
Le leur est bien réglé, dans notre esprit français
A leur grade ? honneur !... Eux ?... le salut ?... jamais ! ...
Je me sens frissonner, quand une sentinelle
Présente arme en ce cas, et je rougis pour elle !...

Bas les armes soldats!... c'est fini, le bourreau
En se lavant les mains dit : le sabre au fourreau!...
S'il est empreint de sang, la première revue,
Pas celle-ci surtout!... la tache sera vue!...
Ce n'est point votre faute; en venant parader,
On doit tirer profit du sang qu'on voit verser!...
Votre cœur aussi saigne, au plus vite on détale,
Ne revenez plus voir : la peine capitale!...

La place est balayée!... au logis retournons,
Prenez garde surtout, d'accrocher ces fourgons!...
Ils roulent au galop; mais un, je crois, suinte,
C'est la triste dépouille!.. auriez-vous une crainte?...
Celle de voir s'enfuir l'âme du criminel!...
Encore gare?... au tour, du puissant matériel!...
S'il arrive malheur, et que Dieu vous punisse,
Qui vous ramassera, si ce n'est la police?...

Etant rentré chez vous, ôtez vos vêtements;
Ils sont pleins de poussière, on dirait que les vents,
Contre vous déchaînés ont poussé leur rafale
Qu'attelé au chariot; la machine infernale,
Vomissant boue et fange, aurait badigeonné
Sans grâce ni merci, votre habit galonné!
Je vous aime beaucoup, et sans fanfaronnade,
Je ne saurai goûter pareille promenade!

Pour cela point de haine, êtes-vous bien brossé!...
Emboitez-moi le pas, je vous sais reposé;
Un kilomètre encor?... bah! simple peccadille,
Ensemble, nous allons *de Lui*, voir la famille!
La journée est à nous, une bonne action,
Commande de porter la consolation
Où le crime a siégé?... mais, une tache large,
Peut avoir mis leur nom, dans la dernière marge?...

Bien sûr que dans la rue, on nous montre du doigt;
Si nous voulons aller sous un semblable toît?...
Vous reculez poltron ! un préjugé grotesque
Suffit pour arrêter, âme chevaleresque!
Ciel ! la société veut-elle par ses lois,
Frapper le criminel, l'innocent à la fois?...

Il faut que tout y passe !... une sœur, père et mère ;
Plus rouges que leur sang, ils crient : honte et misère !...

Remisons notre fiacre avec tous leurs fourgons,
Ils ont pour eux la force, et nous les respectons !...
Il faut finir, mon Dieu, puisque toute ma verve,
Ne peut rien obtenir, ah ! ce sujet m'énerve !
Quand donc pourrai-je voir, l'illustre Maréchal,
Pour qu'à genoux, je crie : ah ! guérissez le mal ?
Mes pleurs le toucheront ; je veux lui fendre l'âme,
Son cœur dira : brûlez cette machine infâme !...

S'il veut me repousser, je lui lancerai
Le lourd poids qui m'étouffe ; et puis, je lui dirai,
Vous êtes Président !... ah ! si votre personne,
Avait d'un roi puissant, le trône et la couronne,
Ma main y poserait : un rubis, un fleuron ;
Vous me laisseriez faire, un monarque est si bon !.....
Le diamant serait : une pleine Amnistie,
La fleur à votre front : Guillotine abolie !

BLOU.

L'INFANTICIDE

PREMIÈRE PARTIE

PATERNITÉ

Vingt-cinq ans sont passés ; je dois m'en souvenir,
Un petit ange à Dieu, rendait dernier soupir ;
Et la rumeur publique, accusait fille-mère
De ce crime odieux !... Alors, de la mégère,
Bientôt on s'empara ; c'est donc sous les verrous,
Qu'elle eut à réfléchir... du plus beau des bijoux,
Elle se sépara d'une manière infâme,
En étouffant le corps, pour faire rendre l'âme !...

Je la connus fort bien ; un de mes bons amis,
Eut toutes ses faveurs ; nous avons su depuis,
Qu'outré de sa conduite, il fit d'amers reproches ;
De pareils procédés, ne sont plus des bamboches !...
Il me pria de faire un ou plusieurs couplets
Qu'il communiquerait en différents billets.
Sur ce triste récit, je fis tout un poëme :
Je le livre au lecteur, pour qu'il juge lui-même....

Complétons le sujet, c'est la paternité
Que je vois condamnée à perpétuité !...
Se dressent mes cheveux, en pensant à ce crime,
Puis, maudissant le père, on pleure la victime.
Se peut-il, ô mon Dieu, qu'il soit sous le soleil,
Un monstre si cruel, un vampire pareil ?
La mort sur l'échafaud ?... c'est un trop doux supplice,
Vivant, il voit toujours : sanglant tableau du vice !

C'est au fameux Moyaux, que j'adresse ces vers,
Qu'il les lise en pleurant; pour la vie en les fers,
Ne voyant que sa fille, au ciel agenouillée,
Que sa poitrine en feu, soit toujours dévorée!...
Nouveau Tantale, puise à chaque instant du jour
Au gouffre desséché, le poison d'un amour.
Que ta fureur sauvage a fait tourner en haine,
N'êtes-vous pas tous deux, rivés à même chaîne?...

Elle respire à l'aise!... Il faut que le remords
Vous poignarde d'un coup!... par de tristes accords,
Elle est toujours ta femme!... à Paris, à Cayenne,
Elle aussi devra voir son mari dans la peine!...
O ! Jeanne, ange du Ciel, aux célestes parvis,
Prie avec ferveur; eux?... Dieu, les a bien punis!...
Cette enfant, scélérat, par toi fut assommée,
Mais l'adultère aussi l'avait déshonorée!...

Madame, je le dis, et c'est du fond du cœur,
Se venger d'un mari de par le déshonneur,
C'est plus qu'avilissant, c'est une flétrissure!...
Vous vous êtes livrée à l'honteuse souillure
Qui vous donne la mort parmi d'honnêtes gens ;
Il faut vous repentir! de bien faire, il est temps !
Dieu saura vous juger ; et, pour retrouver Jeanne,
J'ai peu d'espoir, je crains que le démon vous damne!...

Plus d'enfant, plus d'époux ; ayez du sentiment,
N'avez-vous pas un père?... et, votre châtiment,
Pourrait ouvrir sa tombe!... arrêtez votre course,
Et, n'allez pas jouer, son honneur à la bourse!...
Autour de vous la fange!... enjambez le ruisseau,
A la fois, faites vous : un cœur, un nom nouveau!...
Cherchez ses caresses ; il vous aime, cet homme ;
Mais, du fruit défendu, jetez la sure pomme !....

Pour le quart d'heure, il faut prier pous elle ; et lui ?...
Le pardonner de cœur !.. bientôt, il aura fui!...
Trop malheureusement, ne fuiront pas si vite,
Rêves fastidieux, cauchemar insolite !...
Pleurez sur votre faute, envisagez son sort,
Car cet homme, pour vous, Madame, n'est pas mort!...

Et, s'il m'était permis de donner conseil sage,
Je vous dirais : fuyez honteux libertinage !...

Il est presqu'impossible, et vous me le direz,
De ne point se moucher avec la crotte au nez !...
Boira celui qui boit ; ne suivez point la règle,
Votre mérite alors, sera celui d'un aigle.
Faites en rougissant, votre *mea culpa*
Pour le terrible coup, qui tous deux vous frappa !...
La fermeté fera mentir le vieux proverbe,
Arrachez de chez vous toute mauvaise herbe !...

Je vous quitte, Madame, ayez espoir en Dieu,
Des forces ?... on en puise en venant au saint lieu ;...
Là, priant pour tous trois, en croyant ma franchise,
Pour le monde mourant, vous vivrez pour l'église.
On glissera l'éponge au passé d'autrefois ;
Et, du Ciel, votre enfant descendra quelques fois ;
Quittez les yeux surtout de l'horrible margelle,
Gardez-vous de descendre où le remords appelle !...

Père dénaturé !... lèveras-tu les yeux,
Sur l'abime béant mesuré par vous deux !...
La mort ?... il n'en faut pas. Le fait d'une minute
Ne compenserait pas, trop horrible culbute !...
Tu sauteras aussi, bien des fois dans ce puits,
Et par d'affreux remords, tu compteras les nuits !...
Tes ongles ?... où sont-ils ?... déchirant ta poitrine,
Ce n'est pas tout son sang, qui laverait ton crime !...

Et ce billard fameux, sur lequel tu penchas
Le corps en maint plaisir ?... eh bien, tu le verras.
Son tour ?... tu l'as jugé !... mais, le tien ?... chose atroce
Ne serait point le fait d'une bête féroce !...
Pendant que tu comptais les points de votre jeu,
Tu enfantais un crime, et tu reniais Dieu !...
C'est fini maintenant, plus de queue et de bille,
Vas chercher, si tu peux, le plaisir en famille !...

Tous tes amis trompés, ont horreur de ton nom ;
Tes parents, ô mon Dieu, voient en toi le démon !...

Errant et vagabond, dégoûté de la vie,
La dernière vengeance est sourdement ourdie !
Puis, armé jusqu'aux dents ; en vain, tu fais le guet,
La mère avait sa balle entrée au pistolet !...
Il faut semer la mort ! le malheureux beau-père,
Victime courageuse a protégé la mère !...

Faire un si long trajet, se posant en bourreau,
Jeter dans un abîme, un précieux fardeau,
C'est être plus que fou ! cruauté sanguinaire,
Il faut être Tropmann, s'appeler Lacenaire !...
Et, plus encor ; ce père, en ouvrant le péril,
Ferma les yeux, le cœur !... Il était sur le gril.
L'enfant vivait toujours !... ses plaintes étouffées,
Se perdaient sans écho !... tes oreilles ?... fermées !...

Véhicule charmant que d'aussi souples reins,
Mais, en te la chargeant, l'embrassas-tu du moins ?...
Non !... cela ne se peut ; ton horrible figure,
Alors mentait à Dieu, reniait la nature !...
Quelle douce banquette !... un animal pourri
Recevait cette enfant, comme dernier abri !
Et, ne rougissant pas, d'un affreux simulacre,
Pour tromper tes amis, tu promis un fiacre !...

C'était un corbillard !... pas même cet honneur,
Le corps en se brisant, faisait jaillir le cœur !...
Il fallait le silence ; et, tu devais nous taire,
Et ton affreux forfait, et l'extrait mortuaire !...
Mais, le sceptre du juste ?... on le voyait là-haut,
Il écrasa ta tête après le fameux saut !...
Ton enfant fut à Dieu ;... mais sa toute puissance,
Te frappa du fléau pour toute l'existence !...

Allant en voiture, où t'attendra soudain,
La récompense due au cruel assassin,
Auras-tu peur des chocs ?... tu feras comme Jeanne,
Eut-elle des coussins ?... non ... la loi te condamne,
A des larmes de sang ! et, devant tout mortel,
Mille cahots seront : ton arrêt solennel !...
Ta femme ? ton enfant ?... ensevelis ensemble,
Dans l'oubli, le néant ! crois-moi, repens-toi... tremble !...

La terre et le Seigneur te restent pour prier,
C'est à force de pleurs que pouvant expier
Cet inouï forfait, tu sauras reconnaître
Que le bon Dieu pardonne, et qu'en toi, vit un être.
Entoure-toi d'abord d'enveloppe d'acier
Comme ton cœur; et fuis, surtout le meurtrier
Qui ne croit pas en lui ; là, plus n'est de ressource,
Et du baume sacré, cherche toujours la pousse.

Je voudrais bien savoir ce qui se passa chez toi
Après l'instant du crime ; alors, des cris d'effroi
Ont-ils glacé ton cœur?... non, et qui sait peut-être,
La larme du regret?... on ne la vit paraître !...
Cœur de... qu'allais-je dire ?... une âme... toi,... bandit,
Fuis le monde et crains Dieu ; sois à jamais maudit !...
C'était un parti pris : pour victime l'enfance,
Et pour toi, le bourreau : l'acquit de conscience !...

L'enfant?... tu sais l'enfouir !.. le revolver en main,
Un salut à la mère !.. et, tout ce noir dessein
Combiné sans remords, accompli par audace,
Des mortels d'ici-bas, te mettait hors la race !...
La France pour toujours, te bannit de ses murs,
Traîtres et criminels, tous vos sentiments durs,
Outrant l'humanité, par des forfaits atroces,
Vous jettent dans l'exil, comme bêtes féroces !...

Gémis à chaque instant, ronge ton frein, Moyaux,
Si la mort te repousse, en soufflant ses flambeaux,
Eclaire ton esprit ; puis, comme pénitence,
Voue un culte sacré, non pas à l'espérance,
Mais à celui qui tient, toute l'âme en suspens,
On peut goûter la paix, en lui brûlant l'encens !...
Jeanne a su pardonner ; au Ciel elle voltige,
Embrasse-la de cœur, car le remords l'exige !...

Bientôt, il va falloir quitter le fameux port
Que tu ne reverras, pas plus vivant que mort !
Qu'y laisseras-tu?... rien... la cendre précieuse
Que tu rêvais si bien, en la nuit ténébreuse
Sera jetée au vent; et, de ta moitié
Tu n'auras qu'à rougir, à prendre pitié !

Pars!, sous un autre ciel, un moins sombre nuage
Peut te rendre la force; arme-toi de courage !..

Mais avant, avec moi, le salut au jury
Qui respecta ta tête ; oui, souvent, penses-y !...
Gloire à leur personne, et pour leur conscience,
Elle a mille bravos; nous avons l'espérance
Que jamais, ô mon Dieu, le fameux coutelas
Ne verra le soleil !.. c'est dit, jetons à bas
La fatale charpente ; oui, de la guillotine,
Faisons un feu de joie, et que l'on illumine !...

Tu dois une chandelle à ton bon avocat,
Lui qui de supplicié te réduit à forçat !
Passe bien ta revue et presse ta personne,
J'entends crier : à bord ! et puis, la cloche sonne !...
Adieu !... je te l'ai dit, si ce nom : malheureux !
Fut légué par le sort à l'homme dangereux,
Qu'en l'avenir on dise : il a repris courage,
Pour sa femme, mon Dieu, maintenant... elle est sage!

J'attaque l'autre page ; il faut que le sujet,
Pour être bien compris se trouve au grand complet.
Nous changerons le rôle ; ici, c'est une mère;
Pour elle, je vous sens, au moins aussi sévère ;
Si je pouvais hélas ! faire vibrer nos cœurs,
Bien douce mélodie, essuierait tous vos pleurs !...
Je m'arme de courage, et c'est fait : je commence ;
A l'auteur, le travail ; à vous, la patience !...

B L O U .

DEUXIÈME PARTIE

MATERNITÉ

Mon droit est d'encenser le cœur et la vertu ;
Le vice, bien des fois, par moi, fut combattu.
Jeunes filles venez, je veux en mon langage,
D'une belle conduite esquisser l'avantage ;
La tâche en pareil cas, est fort douce à mon cœur,
L'accomplissant pour vous, c'est pour moi du bonheur !
Puis, d'une médiocre, en détruisant l'ivraie,
Aidez-moi, je vous prie, à sonder cette plaie.

Ce que je crains le plus, en vous montrant du doigt,
Des rides qu'à vingt ans, hideux masque reçoit,
C'est l'exemple fatal !... moi, sans aucun scrupule,
Je change de tableau, riant du ridicule...
Très heureux je serais, si ma narration,
Pouvait vous préserver de la tentation...

Venez également, ô mères bien aimées,
Entendre le récit de lugubres pensées ;
Il vous attendrira, je connais votre cœur,
S'émouvant noblement en face du malheur !...
Par un simple devoir, j'écarte l'innocence,
Sans cela, je le sens, j'appellerais l'enfance
Pour la rendre témoin, oui, même à son berceau
De cet évènement, de ce triste tableau !

Ma leçon jeunes gens, pour vous est aussi faite,
Venez, votre conduite est loin d'être parfaite ;
Approchez sans rougir, vous êtes les amis
De tous les gens de bien ; suivez donc mes avis.
L'auteur ne saurait craindre une juste réplique,
Ayant plus d'un moyen pour vaincre la critique.

Mère !... se prosterner à ce nom mérité,
C'est un pieux hommage à la divinité :

La crise se produit au fort de la souffrance,
Puis, femme s'en revêt, en criant : délivrance !...
Quelle soit la dernière arrivant par le mal,
Agent mystérieux d'un pouvoir infernal !...
La crise ?... rien pour vous, jusqu'à vos relevailles,
Vous ressentez un mal déchirant vos entrailles...
Fortes, vous vous croyez, votre enfant voit le jour,
Ne narguez point le sort dans un transport d'amour ;
Vous le savez puissant, redoutez sa colère,
Dieu seul, peut en garder et l'enfant, et la mère !...
Sans égard, sans merci pour le sexe, le rang,
Combien fit-il couler de larmes et de sang ?...
Lorsqu'il abat sur nous, une main vengeresse,
Ce n'est que pour répandre angoisses et tristesse ;
Trouvons-nous trop heureux, si respectant l'honneur,
Il veut nous épargner une scène d'horreur !...
Frappant le prolétaire, il trouve sa victime,
Ses écueils sont si grands, qu'enfin s'ouvre l'abîme !...
C'est l'ennemi cruel qui ne sait que frapper,
Tous, mettons-nous en garde, et sachons l'éviter.
Alors, me direz-vous ; les yeux remplis de larmes,
Avec lui pour lutter, quelles seront nos armes ?...
Dieu, vous en a pourvu dans sa grande bonté,
Usez-en noblement, tel qu'il vous l'a dicté :
Simplicité, douceur, grâce avec modestie,
Voilà pour le drapeau, l'âme de votre vie.
Que pareil étendard vous trouve à l'unisson,
Le devoir vous appelle, il vous faut la raison !...
Courage, fermeté, noblesse, grandeur d'âme,
Tel est le bouclier propice à toute femme.
Vous demandez un glaive ?... à vous la charité,
Votre bras est puissant avec la volonté !...
Le divin Créateur toujours plein de clémence,
Vous donna ce soutien qu'on nomme providence !...

Ainsi de pied en cap, volez donc au combat,
Ripostez hardiment contre tout attentat ;
Rappelez-vous surtout que mettre bas les armes,
C'est une lâcheté, source de bien des larmes ;
Méfiez-vous toujours de la tentation,
Ne demandez jamais capitulation ;

Une telle faiblesse engendrerait le vice,
Puis au lieu du laurier, vous auriez le supplice !...

Tel est l'affreux destin que nous voyons s'ouvrir
Pour une pauvre femme appelée à souffrir ;
A-t-elle tort ?... oui,... non... priez, priez pour elle,
Ne connaissez-vous pas la douleur maternelle ?...
Plaignez aussi sa fille, et par ce saint effort,
Vous et moi, prendrons part à leur malheureux sort.
Elle, comme sa sœur, de bien triste mémoire,
Parcourait un sentier ne laissant que déboire.

La prière, est-ce tout ?... Cette larme à votre œil,
Doit aussi se verser !... où donc ?... sur un cercueil !...
Elle est à l'innocent, et puisqu'il la réclame,
Pour lui, recueillons-nous, purifions son âme !...

Votre tâche finie, approchez du foyer,
Attendant vos enfants, évitez le danger ;
Comme moi, vous savez, que le vice est précoce
Et qu'un semblable crime est une chose atroce...
Pressez bien fortement tous ces jeunes amis,
Que de l'Être suprème, ils soient toujours bénis !...
Mères, veillez toujours, veillez, veillez sans cesse
La douleur est mortelle, et l'étouffer oppresse ;
Avec de tendres soins, vous les verrez heureux,
Plus tard, dans l'avenir, vous serez fières d'eux ;
De vos ailes partant, pour parcourir l'espace,
L'honneur sera toujours dans le sang de leur race !

Jeunes filles à vous, attendez n'est-ce pas ?...
Vous rougissez déjà... Je parlerai tout bas ;
Ne craignez rien de moi, je suis devenu sage,
Voulez-vous en juger ?... Ecoutez mon langage ;
Méchantes on vous dit, je ne l'ai jamais cru,
Ce qui peut le prouver, c'est que vous m'avez plu.
Le sexe féminin ?... eh bien, chères amies,
Je vais vous le classer en trois catégories ;
Ne vous effrayez pas, je parle franchement,
Et pour me critiquer attendez un moment.
Primo : c'est l'humble vierge à l'œil pur et timide,
Après, demi vertu qu'on appelle sylphide ;

Enfin permettez-moi, car je n'ose parler,
Si malheureuses sont, celles qu'il faut classer ;
Des sensualités, infâmes domestiques,
Plaignons-les et disons : pauvres filles publiques.

Je passe vivement sur de pures amours
D'où découle pour nous, la source des beaux jours ;
Sur terre nous avons, sachez-le, joie intime
Que donne le Seigneur à la fille sublime ;
Enfants, vous la goûtez, il faut donc le bénir,
De cœur, je suis content d'un pareil avenir !...
Ici bas, maintenant, l'amour est si volage
Qu'on voit la blanche fleur se flétrir au corsage...
Des noces, présidant le fraternel banquet,
On donne sans rougir, un coup d'œil au bouquet !

Sur le second chapitre, oh ! j'en ai long à dire,
Pardonnez je vous prie, un tel malheur m'inspire ;
C'est pour en préserver de bien douces brebis
Que je passe mon temps à donner sains avis ;
Je l'employai souvent à maintes bagatelles,
C'est fait, n'en parlons plus, mes chères demoiselles ;
Le passé s'oubliera si d'autres sentiments
Viennent après, sécher les pleurs de nos parents.

Arrivons maintenant à cette jeune fille
Qui n'a de vrais plaisirs que loin de sa famille ;
Voulez-vous la comprendre ?.. alors point d'embarras,
Ensemble, nous allons, la suivre pas à pas.
Pour mieux vous la montrer, prendrai-je la semaine ?...
Non, ce serait pour vous, par trop mauvaise aubaine ;
Attendons le dimanche, et si c'est le matin,
Son sourire est charmant, enchanteur et mutin.
Si c'est un doux propos qui flatte son oreille,
Elle l'accueillera répondant à merveille.
Avançons doucement, elle est en négligé.
De nous plaire, on n'est pas, en tout temps obligé ;
Etes-vous son intime? approchez-la sans feinte,
Hardiment parlez-lui, n'ayez aucune crainte ;
Pendant cet entretien, mêlez vos souvenirs,
Rappelez le passé, puis parlez de plaisirs !
Conversez peu de temps, usez de complaisance,

Vous la savez coquette, et puis l'heure s'avance...
Se parer avec goût, c'est affaire de temps,
Vous devez lui laisser de précieux moments.
Fort bien retirez-vous, si vous restez en face,
Suivez ses mouvements reproduits dans la glace ;
Un instant suffira, c'est assez n'est-ce pas,
Pour parer à son gré, ses charmes, ses appas !..
C'est fini. suivez-la, vous verrez l'ingénue,
Doucement cadencer sa marche dans la rue ;
Vous la trouvez fort belle, avec rubans, velours.
Venez, venez amis, pour vanter ses atours !...

Elle presse le pas, il faut faire comme elle,
A l'office entendez ?.. un son de cloche appelle,
Silence, jeunes gens !... qu'on la laisse marcher,
Son mobile est le Christ, sachez la respecter !...
Elle passe au delà, n'y pensant plus sans doute,
La maison du bon Dieu n'est pas son but de route ;
Hélas ! pour cette enfant, le Créateur n'est plus,
La volupté chez elle a remplacé Jésus !...
Bien simple je vous trouve, à parler de prière
A qui n'a jamais su respecter une mère !...
Continuez de la suivre, et voyez en quel lieu
Elle s'arrêtera ; puis, vous verrez son Dieu !...

Il l'attend au logis, un regard plein d'ivresse
Est son premier accueil ; puis, vient une carresse...
L'avons-nous bien suivie ?... oui, n'allons pas plus loin,
Ils nous appelleront, s'il leur faut un témoin !..
Avec moi, jusqu'ici, vous fûtes son escorte.
C'est assez, et restons, pour l'instant à la porte,
Ce qu'ils disent tous deux, le voulez-vous savoir ?...
Ce n'est qu'un rendez-vous qu'ils prennent pour ce soir.
Présentez-vous au bal, et pendant le quadrille,
Vous verrez le garçon avec la jeune fille.
Ce qu'ils font ?.. c'est plus fort.. ne l'avez-vous point fait ?..
Répondez sans trembler, et si cela vous plait ?...

Vous vous taisez, tant mieux, c'est donc par ignorance,
J'y crois, ne cherchez plus dans votre souvenance ;
Je voudrais bien pouvoir alors, vous contenter,
Mon indiscrétion pourrait trop vous coûter.

Sachez que si parfois un exemple est propice,
Dangereux il devient, s'il découvre le vice.

Vous en donner un fait pour vous ouvrir les yeux,
Hélas ! c'est déjà trop, n'en exigez pas deux !
J'en connais parmi vous, excusez ma franchise,
Que l'on trouve le soir, en élégante mise,
Après tout, le grand air bien des fois fait besoin,
Je sais que la migraine exige pareil soin ;
N'y prendre que cela, c'est pure et simple chose,
Si seule vous sortez, craignez que l'on vous glose ;
Ecoutez mes avis, car l'honneur en dépend,
Point d'excuse à trouver si quelqu'un vous y prend...
Vengeur est le public, évitez sa colère,
Surtout pour votre sexe, il se montre sévère,
Si le mal était fait? eh bien, me direz-vous,
Quel moyen employer pour calmer son courroux ?...

Votre conduite, alors, s'il vous demande compte,
Peut, doit se mettre à jour, courage... point de honte...
Surtout, point de bassesse, il y aurait horreur,
D'ajouter le scandale à votre déshonneur !...
Votre sort changera, faites ce sacrifice,
Ne sommes-nous pas tous, jouets de son caprice?
Armez-vous de courage, avec ce seul moyen,
Vous réparez le mal en revenant au bien.
Après avoir souffert montrez-vous repentante,
Le destin à son tour, protégera l'amante ;
Acceptant sans rougir le fruit de votre amour,
Vouez-lui votre vie à dater de ce jour.

L'enfant est le portrait de votre amant parjure
Que Dieu saura punir au nom de la nature !...
Après tout, c'est son sang ; pour vous, s'il est bâtard,
N'allez pas le lui dire il le saura plus tard !
Oh ! ne l'insultez pas, attendez qu'il ait l'âge
De pouvoir noblement répondre à votre outrage
Ne créez point pour lui, les larmes et le fiel,
Homme, il aura du cœur, cet enfant naturel !...
Hélas ! trop tôt peut-être, essuyant la misère,
Il saura demander, et son nom et son père !...
Protégez cette femme en aimant son enfant,
Vous devez le pardon au pécheur repentant !...

Mon Dieu, miséricorde à cette infortunée
Dont un crime si grand, marque la destinée !...
Ne l'abandonne pas, fais que le repentir,
La soutienne du moins, dans un sombre avenir ;
Dans sa triste cellule, elle est toujours pensive.
Pour l'honneur, elle meurt... Pour t'aimer qu'elle vive...
Touché de tant de pleurs, certain de son regret,
Au tribunal humain, tu peux dicter l'arrêt :
Il accepte ta loi, respectant ta clémence,
Puisses-tu le guider, pour rendre la sentence !...
Il la prononcera... bien, de telle façon,
Qu'elle puisse servir à chacun de leçon...

Malgré ma volonté, je n'ai plus de courage,
Il s'agit maintenant d'une si triste page !...
Ici la plaçons-nous ?... c'est mon intention,
Me taire vaudrait mieux, j'hésite... un conseil ?.. non !...
Alors, développons la dernière pensée
Dont j'ai déjà plus haut, fait pressentir l'idée.
Heureusement, mon Dieu, rendons en grâce au Ciel,
Là, personne de vous, un point essentiel ;
De vos lèvres enfants, éloignez ce calice,
Brisez-le sous vos pieds, c'est la coupe du vice !...

Au delà des faubourgs, son repaire est caché,
Toute ville a horreur d'un semblable marché !...
Restez dans son sein après votre faute même,
Ce n'est point à Paris qu'on brave l'anathème !...
L'air est empoisonné, puis le sol est de feu,
L'amante qui s'enfuit, voit la mort en ce lieu :
Volant de cœur en cœur, et d'étage en étage,
Elle rit follement de ce libertinage ;
Il ne dure que peu, bientôt vient l'abandon,
La misère après, puis... la prostitution !...

Il faut à la jeunesse une coûteuse orgie
Pour qu'elle ait une place au banquet de la vie ;
C'est l'oubli du devoir, vile agitation
Qui font de l'âge mûr la dépravation !...
Il faut aussi naissance et progrès dans le vice,
Pour que dans la vieillesse on y cherche délice ;
Dans ces trois âges nait, plus souvent un malheur,
Quand vains transports d'amour, mettent aux pieds l'honneur !

Désirez-vous sonder une affreuse misère,
Voyez la prostituée en son ignoble sphère !...
Regardez, la nuit vient, mais sans intensité,
Paris avec son gaz combat l'obscurité ;
Les ténèbres s'en vont, car sa vive lumière
Sait répandre le jour par sa flamme légère ;
Alors, fille perdue en piétinant le soir,
Chantonne follement avec un triste espoir !...

Elle doit se garder de passer la limite,
Son endroit est marqué, puis son heure prescrite ;
Elle peut afficher sa mise seulement,
En parlant du regard et cela lestement !...
On a dû tolérer ce passe-temps du vice,
Très régulièrement visé par la police.
Le moindre faux pas, c'est arrestation,
A Saint-Lazare on entre en jubilation !...

Tout marque la misère en cette destinée,
Avoir le pain du jour est sa seule pensée ;
Riant du sentiment que lui fait l'avenir,
Le présent est pour elle, oubli, joie et plaisir !...
Triste réjouissance, effet de la nature,
Afficher un tel charme est une flétrissure !...
Elle en fait sans rougir, un infâme métier
Affrontant les regards des gens de son quartier ;
Elle sait tout braver, ne manquant pas d'audace,
Elle parle du geste et répond par menace !...
Puis, dans un bouge obscur, affreux de nudité,
Elle dort chaque nuit avec l'impureté ;
Tout cela pour de l'or !... oui, pour un or infâme
En vendant son amour, elle vendrait son âme !...
Famille, amis, parents... hélas !... tout est bravé,
Père, mère, sœur, rien !... son culte : le pavé !...

Pourtant, vous le savez, elle aima l'espérance,
Ce souvenir est loin, il n'a plus de puissance !...
Et si dans ses transports, vous la morigénez,
Elle saura fort bien, de sang froid, rire au nez !
Son amour : c'est l'argent ; sa passion : le vice ;
Sa tendresse est un jeu ; son espoir l'artifice !...
La résolution, le geste, le coup d'œil,
La forceront quand même à faire bon accueil !...

Comme cette victime, ai-je encouru le blâme,
Ayant dépeint ici, les figures de l'âme ?...
N'est-ce point franchement, sans aucune façon
Que se fait la morale en forme de leçon ?...
Un avertissement peut arrêter la plainte,
Je l'ai vu bien des fois éviter la contrainte !...
Si je vous le soumets en libre expression.
C'est que le sujet veut qualification ;
O ! ne m'attaquez pas sur mon libre langage,
Et soyez prudentes ; évitez le naufrage !...
Brisons sur ce chapître et tournons le feuillet,
A l'auteur patient, il faut double soufflet...

Courage maintenant, c'est au tour de mon sexe,
Pour l'appeler au bien, est-ce que je le vexe ?...
Vous me comprendrez tous, je suis franc croyez-moi,
Je puis me dispenser de dire le pourquoi ;
Il y a je le sais, folie en ma jeunesse,
Mais, n'y trouvez-vous pas aussi quelque noblesse ?...
Voyons, conseillez-moi, par quel bout commencer,
A tous ces jeunes gens, que vais-je donc prôner ?...
C'est égal, je l'ai dit, que ma leçon s'achève,
Pour ne point ennuyer, je la donnerai brève ;
Je viens leur affirmer, malgré tout ce qu'on dira,
Que le bon temps qu'ils ont, bientôt se passera ;
Que folie est ruineuse, et de plus que caprice,
Venant de fol amour, exige sacrifice...

Il faut vous divertir puisque c'est votre loi,
Faites-le sagement, sans répandre l'effroi,
Sans jeter bien des pleurs au sein d'une famille,
Par un semblant d'amour pour une jeune fille !...
Quand son premier baiser sait vous rendre heureux,
Soyez homme pour elle, unissez-vous tous deux ;
Et si le feu brûlant qui toujours se dégage,
Vous laisse noble trace : impur mais saint otage,
Si par une faiblesse elle se livre à vous,
Avec joie et bonheur devenez son époux !...
Mais si d'autres déjà connaissent ses caresses,
Aucun engagement par de folles promesses ;
Papillon voltigez, il vous faut du plaisir,
Goûtez-le pour l'instant, sans parler d'avenir !...

Passion est besoin chez la fille légère
Qui généralement devient femme adultère ;
Alors, plus de repos pour un homme d'honneur,
Sa gloire, c'est l'amour, son bien la paix du cœur ;
L'un et l'autre détruits, c'est pour lui le délire,
Vois femme criminelle où tu peux nous conduire ?...

Si d'un amour trompeur naissait un témoin,
Avant tout, la maitresse a la charge et le soin.
Quant à votre conduite en cette triste affaire,
Je puis la préciser, mais il vaut mieux me taire ;
S'il vous faut un avis, venez trouver l'auteur,
Le mauvais écrivain sera bon conseilleur !.....

BLOU.

HOMMAGE A THIERS

Le flambeau du Génie a voilé son beau lustre,
On l'ensevelissait !!!... Un ferrailleur, un rustre,
Usant sa dent cruelle, arborait son drapeau,
Insultait lâchement, un homme à son tombeau !...
Son nom ?... La France en pleurs, le jetant à la foule ;

Avec sa majesté, dans le ruisseau le roule !...
Donnant à qui de droit le bravo, le laurier,
O ! Patrie, à ton sein, ne vois pas l'ordurier !...
Le peuple sait agir ; il raisonne, il encense,
Pour toute calomnie, il a poids en balance !...
Honte à toi délateur !... La mémoire de Thiers
En nous rehaussant tous, va remplir l'Univers !...

Tournons nos yeux ailleurs, le verdict de la France
Honorera sous peu, Thiers et sa clairvoyance !
Il guérira la plaie, au nom des libertés,
Et, les vivants, les morts, seront tous respectés.
Regrettant et pleurant une noble dépouille,
Sa tombe !... c'est l'autel où l'esprit s'agenouille ....

« QUI S'ABAISSE, S'ÉLÈVE »
« QUI S'ÉLÈVE, S'ABAISSE »

Prends—tu pour bouclier véritable maxime,
As-tu de la folie atteint le paroxisme?...
Un bandit a de l'âme!... Il fixe le soleil;
La mort?... c'est chapeau bas, qu'il flaire son sommeil!...

Déchaînant tes instincts devant la France en larmes,
En preux chevalier, seul, tu fais briller tes armes;

Crible perce de coups, notre libérateur,
A terre maintenant gît : son corps et son cœur!...
Sur son front, le laurier gardera sa verdure,
Sur ta face, le masque aura sa déchirure....
Apprête bien ta lame, emplis ton encrier ;
Glas funèbre a parlé, marchons sanctionner ...
Ne tremble pas, la France en *ut* de poitrine,
Avec l'ombre de Thiers, cette gamme divine,
Chanteront au lutrin le fameux *libera*!...

      La République alors, s'immortalisera!.

(Septembre 1877)

                     A. BLOU.

PARIS — TYPOGRAPHIE H. COUANON, 67, RUE SAINT-JACQUES.